NIVEL
INTRODUCTORIO

LIBRO 4

Para leer al finalizar la Unidad 6
de Español Santillana, Nivel 1

COLECCIÓN **LEER EN ESPAÑOL**

Dos historias y un final

Rosana Acquaroni

D1379274

SANTILLANA
ESPAÑOL

La colección LEER EN ESPAÑOL ha sido concebida, creada y diseñada
por el Departamento de Idiomas de Santillana Educación S.L.

© 2014, Rosana Acquaroni
© 2014, Santillana USA Publishing Company, Inc.
2023 NW 84th Avenue
Doral, FL 33122, USA
www.santillanausa.com

Dos historias y un final
EAN: 9781622632183

Dirección editorial: Isabel C. Mendoza
Actividades: Lidia Lozano
Edición y coordinación: Aurora Martín de Santa Olalla Sánchez

Dirección de arte: José Crespo
Proyecto gráfico: Carrió/Sánchez/Lacasta
Ilustración de capítulos: Jorge Fabián González
Ilustración de mapa: Jorge Arranz
Jefe de proyecto: Rosa Marín
Jefe de desarrollo de proyecto: Javier Tejeda

Confección y montaje: Atype, S. L.
Corrección: Raquel Seijo
Fotografías: vipflash/Shutterstock.com, SEIS x SEIS, ARCHIVO SANTILLANA

Grabaciones: Voces de cine

Published in The United States of America
Printed in Colombia by Intergráficas S.A.

20 19 18 17 16 15 14   1 2 3 4 5 6 7 8 9 10

ÍNDICE

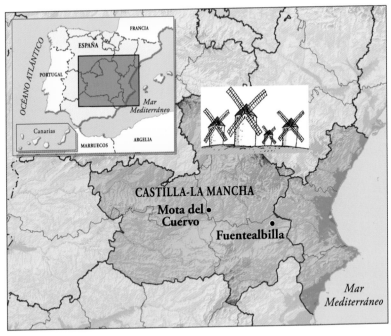

CASTILLA-LA MANCHA

Mota del Cuervo •

Fuentealbilla •

Mar Mediterráneo

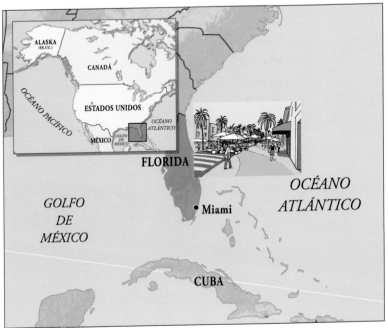

FLORIDA

GOLFO DE MÉXICO

• Miami

OCÉANO ATLÁNTICO

CUBA

CAPÍTULO I

LA ROJA[1]

Hoy es 11 de julio de 2010. Son las cuatro y cuarto de la tarde.

Andy está en casa con Teo y Orlando, dos amigos de la escuela. Están viendo un partido de fútbol en la televisión: la final[2] España-Holanda del Mundial[3] de Sudáfrica.

Orlando juega al fútbol en el equipo de su escuela. Teo prefiere el tenis. Quiere ser jugador profesional, como Rafa Nadal. Andy es estudiante de Secundaria y quiere ser médico. También hace deporte, como sus compañeros. Quiere ser entrenador de fútbol americano, pero también le gusta mucho el fútbol europeo. Su equipo favorito es español, el Fútbol Club Barcelona.

—Andy, ¿dónde está Janet? —le pregunta Orlando.

Janet es la hermana de Andy. Es mayor que él, tiene veinticinco años. Janet juega al béisbol, pero a ella también le gusta mucho el fútbol. Por eso[4] casi siempre ve los partidos importantes con Andy y sus amigos.

—Está en Miami, con mi madre —contesta.
—¿Qué hacen allí? —pregunta ahora Teo.

—Mi madre está trabajando en una escuela de Música en la Pequeña Habana, un barrio[5] latino popular en Miami. Janet está estudiando guitarra clásica con Carlos Molina, un famoso profesor cubano, porque quiere usar este instrumento en sus clases.

Janet y Marcela, su madre, son maestras de Música, pero siempre quieren aprender más. A Janet le gusta mucho la guitarra clásica, el *jazz* y la música latina. Marcela prefiere escuchar música tejana. Su cantante[6] favorito es Jay Pérez.

—¿Cuánto tiempo van a estar en Miami? —le pregunta Teo.
—Vuelven el 20 de agosto. ¡Qué curioso eres, Teo! —contesta Andy.
—¿Y ellas no van a ir a España con ustedes? —le pregunta Orlando ahora.
—No, imposible. Mi padre y yo vamos a Madrid el 1 de agosto y volvemos aquí, a Atlanta, el 31.

Marcela, la madre de Janet, conoce Madrid y Valencia porque tiene familia en España y, a veces, va a visitarla. Janet conoce Madrid porque su antigua universidad tiene un programa allí para estudiar español. Pero Andy y su padre, Gary, no conocen España. Este va a ser su primer[7] viaje. Tienen ganas de ir. Quieren visitar Madrid, Barcelona, Valencia, Granada…

Gary llega a casa y entra en la sala.

—Hola, chicos, ¿qué tal? ¿Cómo va el partido? —pregunta Gary.
—Cero a cero —contesta Andy.
—Y solo faltan cinco minutos[8] para el final[2] —le explica ahora Teo.

Gary es profesor de Matemáticas en la escuela de Secundaria y a él también le gustan mucho los deportes. Practica la natación y monta en bicicleta los domingos por la mañana.

—Y, ¿quién está jugando mejor: Holanda o España? —pregunta Gary.

—¡Qué pregunta tan difícil, señor Douglas! —contesta Teo.

—Los dos equipos son muy buenos y están jugando muy bien —comenta Orlando.

—Sí, es cierto, pero va a ganar España, papá. Lo sé —contesta Andy.

«¡Atención! —dice el periodista— Jesús Navas tiene la pelota; corre con ella más de treinta metros; ahora la tiene Cesc».

—¡Muy bien, Cesc! —dice Andy, emocionado.

Cesc Fábregas es un jugador del Fútbol Club Barcelona, su equipo favorito.

Ahora Andy, Teo y Orlando no dicen nada. Miran y escuchan. Están muy nerviosos. Es un momento importante del partido.

«Ahora la pelota vuelve a Navas; Iniesta corre por la derecha. Entra Fernando Torres… Torres para Cesc… Cesc para Iniesta… Iniesta está en una buena posición para marcar el gol…».

—Iniesta, ¡qué jugador! —dice Orlando.

«¡Atención!, minuto ciento dieciséis del partido… Iniesta, Iniesta… ¡Goooooool, gol de Iniesta, gol de Iniesta!», repite el periodista.

«¡Atención!, minuto ciento dieciséis del partido… Iniesta, Iniesta… ¡Gooooooool, gol de Iniesta, gol de Iniesta!».

—¡Iniesta, Iniesta eres el mejor! —repiten ahora los tres chicos.

Iniesta corre por el estadio con los brazos abiertos. En esos momentos, es el jugador más feliz[9] del mundo[10]. El hombre más feliz del planeta.

—Pero... ¿qué hace ahora Iniesta? ¡Se está quitando[11] la camiseta! —dice Andy.

—¿Qué lleva debajo? —pregunta Teo.

Iniesta lleva otra[12] camiseta blanca con este mensaje para el mundo:

DANI JARQUE,

SIEMPRE CON NOSOTROS

—Chicos, ¿quién es Dani Jarque? —pregunta Gary.

—Daniel Jarque, un jugador español; gran[13] amigo de Iniesta; muerto[14] a los veintiséis años —contesta Andy.

—¿Cómo? ¿En un accidente de auto?

—No, ...el corazón[15] —añade Teo.

—Lindo tributo —comenta el padre, emocionado.

Fin del partido. España ya es campeona del mundo. Empieza la fiesta.

—¡Mira, Andy! Es la Plaza de Colón, en Madrid —le dice Gary a Andy.

Andy mira las imágenes de la televisión, emocionado. Hay gente en la calle, en las plazas, también en los bares. Están celebrando la victoria de La Roja, la Selección Española de Fútbol.

Los fans de La Roja llevan sombreros rojos y amarillos, los colores de la bandera española. Los más jóvenes también se maquillan la cara con estos colores.

El próximo mes Andy va a estar en España, con su padre. «Pero yo quiero estar allí ¡AHORA!», piensa Andy.

Va a ser una noche increíble.

CAPÍTULO II

YA ESTAMOS EN ESPAÑA

Gary y Andy ya están viajando por España en un auto alquilado[16].

Es muy cómodo, pero… ¡no tiene GPS!

Ahora están en la región de Castilla-La Mancha, la tierra[17] de Don Quijote y Sancho Panza. Son las seis de la tarde y hace calor. En Castilla-La Mancha llueve poco y en verano hace siempre mucho calor. A la izquierda de la carretera[18], hay tres o cuatro molinos de viento[19]. Son muy bonitos y antiguos.

–¿Ves allí, amigo Sancho Panza? Hay más de treinta enormes gigantes –le dice Gary a su hijo.

–No son gigantes, señor, son molinos de viento –le contesta Andy, muy serio.

–*Don Quijote de la Mancha*, de Miguel de Cervantes. Una novela española universal.

–Sí. En la clase de Español, a veces, la profesora nos cuenta sus aventuras y leemos un poco. Papá, ¿por qué no nos tomamos unas fotos al lado de los molinos?

–Sí, claro.

Andy y Gary se toman unas fotos al lado de los molinos. Luego continúan el viaje.

–Y, ¿adónde vamos ahora? –pregunta Andy.

—A Mota del Cuervo, El Balcón de La Mancha. Búscalo en el mapa. Así aprendes geografía…

Andy lo encuentra rápido[20]. Es un pueblo[21] pequeño. Está en el sureste de Cuenca.

—Y, ¿qué vamos a visitar allí? —pregunta Andy, curioso.

—Nada. Vamos a caminar un poco por sus calles. Luego podemos ir a un bar. Yo necesito descansar y beber un café. Esta noche tenemos que llegar a Valencia, ¿recuerdas?

—¡Sí, Valencia! ¡Qué bien, papá! Tengo ganas de conocer a mi familia y bañarme en el mar Mediterráneo. ¿Cuántos días vamos a estar allí?

—Tres o cuatro. Es una ciudad grande, con monumentos, museos y lugares[22] interesantes para visitar.

Gary y su hijo llegan a Mota del Cuervo. Andy sale del auto y lleva el mapa. Quiere encontrar[23] la mejor ruta para ir a Valencia.

~ ~ ~

Son las ocho de la tarde. Andy y su padre van en el auto hacia Valencia, pero esa no es la ruta correcta…

«No lo entiendo… ¿Qué ruta es esta? No veo carteles… Y ya tenemos que estar a cien kilómetros de Valencia…», piensa Gary, un poco nervioso.

–Andy, por favor, busca en el mapa: ruta A-3.

Pero Andy no puede buscarla porque el mapa no está en el auto...
¡Está en el bar de Mota del Cuervo!

–Lo siento, papá.
–¡Andy! Y ahora... ¿qué vamos a hacer? –dice su padre, enojado.
–¡Mira, papá! Ahí hay un cartel.

Andy lo lee.

–Entonces[24] vamos a Fuentealbilla... Allí podemos comprar otro
mapa... –dice Gary.

Pero al lado del cartel hay algo más...

–¡Atención, papá!
–¿Qué pasa[25], Andy?
–Un accidente.
–¿Dónde?
–Allí, mira: hay una mujer y una bicicleta en el suelo.
–No las veo... –dice Gary.

–Allí, a la derecha, al lado del cartel. ¿Las ves ahora? –le dice su hijo.
–Andy, sal, ¡rápido!

Los dos salen del auto. Están muy nerviosos.

Es cierto. Allí hay una mujer. Es joven. Lleva un casco y ropa de ciclista, pero no lleva documentos.

–¿Está usted bien? ¿Cómo se siente? ¿Hola? –insiste Gary.

La mujer no puede contestar. Está en el suelo, inconsciente.

–Papá, ¿qué hacemos? No se despierta... –dice Andy, asustado[26].
–Tenemos que llevarla a un hospital.
–Sí, pero ¿dónde hay uno?

Ahora su padre no dice nada. Está tan asustado como su hijo.

–¿Por qué no la llevamos a Fuentealbilla? –dice Andy.
–¡Claro, Andy! ¡Buena idea! Además, allí pueden conocerla...

Gary lleva en brazos[27] a la mujer.

–¡Rápido, Andy! Abre la puerta del auto.
–¡Cuidado con la cabeza, papá!

CAPÍTULO III

DE COMPRAS POR MIAMI

Janet y Marcela están en Miami. Hoy es sábado y no tienen clase.

Está nublado y no hace calor. Es una tarde perfecta para caminar. Ahora están paseando por Lincoln Road, una calle comercial con elegantes restaurantes y tiendas exclusivas.

Allí la ropa es de grandes diseñadores y ¡no hay ofertas! La gente rica y famosa –actores, cantantes, multimillonarios– compran en sus *boutiques*.

–Mira, Janet, ese vestido de la vitrina. Es fantástico –comenta Marcela.

Janet lo mira. Es un vestido de fiesta, rojo y negro.

–A mí me gusta más esa blusa azul –le dice ahora su hija.
–Sí, también es muy bonita, pero... ¡mira el precio!

–¿Qué está pasando allí? ¿Qué hace esa gente? –dice ahora Marcela.
–No sé, mamá... ¡Vamos a ver!

Delante de una famosa tienda de ropa, hay reporteros, fotógrafos con sus cámaras, etc. Al lado de Marcela, hay dos mujeres. Una de ellas está grabando un video.

—¿Qué pasa? —les pregunta Marcela, curiosa.

—Shakira... Está comprando en esta tienda —le contesta una de las mujeres.

—¡Shakira! Mamá, ¡yo quiero pedirle un autógrafo! —dice Janet.

Shakira es su cantante latina favorita. Por eso Janet está muy emocionada. Ahora llega un auto enorme. Es una limusina negra.

—Mira, mamá, es el auto de Shakira.

—Es más grande que el auto de tu padre, ¿no? —dice Marcela.

—¡Qué graciosa eres, mamá!

Janet está nerviosa. Quiere ver a Shakira, tomarse una foto con ella y pedirle un autógrafo, pero no tiene papel ni bolígrafo.

—Mamá, ¿tienes un papel y un bolígrafo, por favor?

—Sí, claro.

En ese momento, sale de la tienda una mujer con el pelo largo y muy rubio. Lleva gafas de sol[28], camiseta blanca de algodón y pantalones de cuero. Es Shakira.

«Es más guapa que en la televisión», piensa Janet.

Los periodistas quieren hablar con Shakira; los fotógrafos, tomarle fotos, y la gente, pedirle autógrafos. Pero es difícil. Hay dos hombres altos y atléticos cerca de ella.

—¡Shakira! ¡Un autógrafo, por favor! —le pide Janet.

Sale de la tienda una mujer con el pelo largo y muy rubio. Lleva gafas de sol, camiseta blanca de algodón y pantalones de cuero. Es Shakira.

Pero, en ese momento, nuestra chica pierde el bolígrafo. Ahora está en el suelo. Janet lo busca, pero Shakira ya está entrando en la limusina y no puede pedirle el autógrafo.

—Mira, mamá, una billetera[29]...
—Sí..., ábrela, vamos a investigar.

Janet la abre. Dentro hay una tarjeta de identidad[30].

—I-sa-bel Me-ba-rak Ri-poll —lee Marcela.
—¡No es posible! —dice Janet, con sorpresa.
—¿Qué pasa, Janet?
—Isabel Mebarak Ripoll es... es... ¡Shakira! ¡Mira bien la foto!

Es cierto. Shakira es el nombre artístico de la cantante. Ella se llama Isabel Mebarak Ripoll. En la foto no está como ahora. Está diferente: lleva el pelo negro y más corto. Pero es ella. Ahora Marcela busca más información en la billetera y encuentra una foto.

—Mira, Janet. Es Shakira, con un chico muy guapo... Parece su novio... ¿Quién es? ¿Lo conoces? ¿Es un actor?

Janet mira la foto con atención.

—¡No lo puedo creer! Shakira con... con... ¡Gerard Piqué!
—¿Quién es Gerard Piqué?
—Un jugador de fútbol español... muy famoso. Juega en el Fútbol Club Barcelona y también en la Selección.

Es cierto. Es una foto de Shakira y Piqué. Son novios, pero... es un secreto. Solo Janet y Marcela lo saben.

CAPÍTULO IV

FUENTEALBILLA

Andy y su padre ya están en Fuentealbilla. En el centro del pueblo, hay un bar. Se llama bar Luján.

Los dos salen del auto y entran en el bar. Su padre lleva a la mujer en brazos. Dentro hay un hombre mayor. Está viendo la televisión.

—Buenas tardes, señor. ¿Podemos entrar? —pregunta Gary.

El hombre apaga el televisor y va hacia la puerta.

—Pero, Anna, ¿qué te pasa? ¿Estás bien? —dice el hombre del bar.

—¿La conoce? —le pregunta Gary.

—¡Sí, claro! Es Anna, Anna Ortiz, la novia de mi nieto —contesta el hombre, nervioso.

—Y…, ustedes, ¿quiénes son? —pregunta el abuelo.

—Nosotros… somos turistas estadounidenses. Estamos viajando por España y… —explica Andy.

—Andy, ahora eso no es importante. Necesitamos llevar a Anna al hospital.

—No, no, un momento. Antes[31] voy a llamar a mi nieto.

El señor del bar sale a la calle para hablar por teléfono con su nieto.

Gary le toca la cara a Anna. «No tiene fiebre», piensa.

Andy está mirando las paredes del bar. Hay fotos y páginas de periódicos y revistas de fútbol. Ahora Andy las mira con atención. «¡Es increíble! Parece un museo», piensa Andy. Además, en las fotos y en los reportajes, aparece siempre… ¡Andrés Iniesta! El jugador favorito de Orlando. Andy quiere tomar una foto del bar para su amigo. En ese momento, Anna se despierta.

–¿Dónde estoy? ¿Quiénes son ustedes? –pregunta.
–Está en Fuentealbilla, en el bar Luján…–le explica Gary.

Ahora entra el abuelo.

–¡Anna! ¿Cómo estás? ¿Cómo te sientes?
–Bien… pero me duele mucho este brazo y… un poco, la pierna izquierda.
–¡Ay, nena[32], siempre te lo digo…! Estos lugares no son buenos para montar en bicicleta… ¡Hay piedras[33] y puedes caerte!
–Ya recuerdo… el accidente –dice Anna.
–Sí, pero ahora descansa. Pon la pierna aquí, encima de esta silla. Vas a estar más cómoda –le pide el abuelo.

–Y Andrés… ¿dónde está? –le pregunta Anna.
–Está en casa, pero viene ahora.
–¿Andrés Luján? –le pregunta Andy al abuelo.
–No, Andrés Luján soy yo… Mi nieto es Andrés INIESTA Luján.

CAPÍTULO V

«HOLA, BUENOS DÍAS. POR FAVOR, ¿ESTÁ SHAKIRA?»

Son las diez de la mañana. Marcela y Janet están desayunando. Hoy es domingo y no tienen que ir a la escuela de Música.

Hace buen tiempo. El sol entra por la ventana de la cocina. Su apartamento es pequeño, pero está cerca de la escuela y no necesitan un auto para ir a clase. Por eso prefieren vivir allí.

–Janet, ¿qué vamos a hacer ahora? –pregunta Marcela a su hija.

–Tenemos la dirección de su casa... ¿no? ¿Por qué no vamos ahora? ¡Por favor, mami, por favor!

–No sé, hija, Shakira es una persona muy famosa. Tiene millones de fans en todo el mundo. No podemos llegar allí y decir: «Hola, buenos días. Por favor, ¿está Shakira?».

–Es cierto –dice Janet.

Ahora Janet no dice nada. Está pensando.

–Y... ¿por qué no hablamos con su agente? –dice nuestra chica.

–Porque no sabemos su nombre ni su teléfono... –le explica Marcela.

–Podemos buscarlo...

–¿Sí? ¿Dónde? ¿En Internet?

Marcela está nerviosa. Por eso contesta así a su hija. No le gusta tener la billetera de Shakira en su apartamento. Tiene miedo. Quiere encontrar una solución, pero es difícil.

–Lo siento, hija, lo siento. Estoy nerviosa y por eso...

–Lo entiendo, mamá. Yo también estoy nerviosa.

–¡Ya está! –dice Marcela–. ¡Carlos Molina, tu profesor de guitarra clásica en la escuela! Él es famoso y conoce a gente importante. Tenemos que hablar con él.

–¡Qué buena idea, mamá! Si quieres, mañana lunes podemos hablar con él en la escuela.

~ ~ ~

Nuestras chicas ya tienen el teléfono del agente de Shakira. Carlos Molina, el profesor de Janet, es un hombre muy amable.

–Y ahora... ¿quién lo va a llamar? –pregunta Marcela.

–¡Yo no! Soy muy tímida... –dice Janet.

–No es cierto, Janet... Tú eres más simpática y espontánea que yo... ¿Por qué no quieres llamar? Le dices, por ejemplo: «Hola, buenas tardes, soy fan de Shakira y tengo que hablar con ella. Es muy importante».

–No, no quiero. Llama tú. Es mejor.

–De acuerdo[34], pero tú quédate aquí, a mi lado, por favor. Lo necesito.

Marcela está hablando por teléfono con el agente y Janet está a su lado.

–...sí, sí, esa es la situación... Nosotras tenemos la billetera y queremos devolvérsela[35] personalmente –le explica Marcela al agente.

Pero el agente desconfía[36].

–Si es una broma[37], no me gusta; no es divertida[38] –dice el agente, muy serio.

–No, señor. No es una broma –contesta Marcela, enojada.

Silencio.

–Bien. Si quieren, pueden llevar la billetera a mi oficina y yo se la llevo a la señorita Mebarak Ripoll.

«Este hombre no me gusta nada», piensa Marcela.

–Imposible. Queremos llevársela personalmente mi hija y yo. En la billetera hay una foto especial y...

–Ahora lo entiendo. Ustedes son periodistas... Quieren dinero... Están buscando dinero... ¿Cuánto quieren por la foto?

–¡No, no queremos dinero, señor! Solo queremos devolverle la billetera a Shakira PERSONALMENTE –insiste Marcela, ahora muy enojada.

Silencio.

–Bien. Voy a hablar con la señorita Mebarak Ripoll. Hablamos mañana.

CAPÍTULO VI

UNA NOCHE DE FÚTBOL

Son las nueve y media de la noche. Andy está hablando con Andrés, el abuelo de Iniesta, en el bar Luján. El señor Luján le está contando muchas cosas sobre su nieto.

—Mi nieto se llama Andrés porque yo me llamo Andrés —le explica el abuelo.

Pero su nieto no está ahora en el bar. Está llevando a su novia al hospital de Albacete, a cuarenta y siete kilómetros de Fuentealbilla. Gary está con ellos. Luego van a volver al bar.

«Estar en España, conocer a Iniesta… ¡Es como un sueño[39]…! ¡No quiero despertar…!», piensa Andy.

En ese momento oyen un motor. Es el auto de Iniesta. El abuelo Andrés y Andy salen a la calle.

—Anna está muy bien. Ya no le duele el brazo —explica Iniesta.
—¿Y la pierna? —pregunta el abuelo.
—La pierna está también bien. Solo necesita descansar. Por cierto[40], Gary, ¿qué vais a hacer ahora? Son ya las diez… ¿Por qué no os quedáis a pasar aquí la noche?

–Sí, dice el abuelo. Puedo preparar unos platos típicos[41] de La Mancha para la cena.

–Sí, papá, por favor –dice Andy.

–De acuerdo, pero mañana nos levantamos temprano[42] para continuar el viaje.

Iniesta y su abuelo sacan la cena para sus invitados.

–Andy, ¿qué quieres beber? –le pregunta el abuelo.

–No sé. ¿Tiene jugo de naranja?

–No, *jugo* no tengo. Pero hay *zumo* de naranja… –contesta el abuelo.

–¿Qué significa *zumo*? ¿Cuál es la diferencia? –pregunta Andy, curioso.

–¡Es igual! ¡No hay diferencia! –explica Iniesta–. A mi abuelo le gusta mucho jugar con las palabras.

–Pero en España decimos *zumo* de naranja, ¿sí o no? –insiste el abuelo.

–Sí, abuelo, es cierto.

–Andy, ya sabes una palabra nueva –dice ahora Gary.

–Perfecto. Un zumo de naranja, por favor.

Ahora todos están muy contentos. Andy está cansado, pero no quiere ir a dormir. Tiene que hacerle muchas preguntas a Iniesta. ¡Quiere saberlo todo!

–Eres un jugador muy famoso… ¿Por qué vienes a Fuentealbilla todos los veranos? ¿No prefieres ir con tu familia a un lugar exótico?

–Fuentealbilla es un lugar muy especial para mí. Aquí vive mi familia: mis padres, mi hermana, mi abuelo… También tengo muchos amigos en el pueblo. Además, la gente no me ve como una estrella[43], y eso me gusta. Me siento bien aquí.

—...*en ese momento solo estamos la pelota y yo. Es difícil escuchar el silencio..., pero yo lo escucho y sé que esa pelota... va a ser gol.*

–Andy, ya es tarde. Recuerda que mañana tenemos que levantarnos temprano.

–¿Adónde vais mañana? –les pregunta Iniesta.

–A Valencia. Allí vive la familia española de mi madre. ¡Voy a conocerla!

–Pero después vamos a Barcelona –dice Gary.

–¿Qué día llegáis a Barcelona?

–Llegamos el día 20 y vamos a estar tres o cuatro días.

–Perfecto –dice Iniesta.

Iniesta sale del bar un momento y entra en su auto. Después vuelve con un sobre[44] cerrado.

–Gary, este sobre es para vosotros.

–¿Qué es?

–Es una sorpresa… No puedes abrirlo ahora.

–Y ¿cuándo lo abro?

–El día 20, en Barcelona.

–Andrés, por favor, solo una historia más… El gol de la final del Mundial, háblanos sobre este gol –le pide Andy, emocionado.

–Pero después nos vamos a dormir… –dice el abuelo, muy serio.

Iniesta empieza a hablar sobre el gol de la final. Andy, Gary y el abuelo Andrés lo escuchan con atención.

–…en ese momento solo estamos la pelota y yo. Como una imagen en cámara lenta[45]. Es difícil escuchar el silencio…, pero yo lo escucho y sé que esa pelota… va a ser gol. Entonces…

CAPÍTULO VII

SECRETOS

Hoy es martes y son las tres de la tarde. Janet y Marcela tienen clase en la escuela de Música a las cuatro. Pero no van a ir. Están en una casa increíble, en North Bay Road, 3140.

–Una foto más, por favor... –le pide Janet a la cantante.
–Sí, claro.

Ahora están en una sala azul con ventanas muy grandes y muebles elegantes.

–Gracias, muchas gracias, chicas –repite Shakira.
–¿Gracias? ¿Por qué? –pregunta Janet.
–Por cuidar mi secreto... y no decir nada a los periodistas.
–Nosotras tenemos que darte las gracias a ti. Estar hoy aquí..., en tu casa es increíble –comenta Marcela.

–¿Cuándo vuelven a Atlanta? –les pregunta ahora Shakira.
–Llegamos el 20 –contesta la madre de Janet.
–¿Conocen Nueva York?
–Mi madre, sí, pero yo no. Tengo ganas de ir...
–Perfecto –dice Shakira.

La cantante sale un momento y va a su dormitorio. Después vuelve con un sobre cerrado.

—Janet, este sobre es para ustedes.

—¿Qué es? —pregunta Janet.

—Es una sorpresa… No puedes abrirlo ahora.

—Y ¿cuándo lo abro?

—El día 20, en Atlanta.

—Shakira… una pregunta más… —dice Janet.

—Sí, Janet, di.

—¿Cuál es tu secreto para estar siempre tan guapa?

—Pero ¡Janet! ¡Qué pregunta! —le dice su madre.

Shakira lo piensa unos segundos. Luego contesta.

—Hacer mucho deporte, comer alimentos sanos y beber más de un litro de agua al día. Pero mi gran secreto es...

—¿Cuál? —pregunta Janet.

—Ser feliz.

CAPÍTULO VIII

EL FINAL

Hoy es 20 de agosto de 2010. Gary y Andy ya están entrando en la ciudad de Barcelona, España.

—Papá, tenemos que hacer algo importante... —dice Andy.
—¿Ah, sí? Y ¿qué es? —pregunta Gary.
—Abrir este sobre.

Andy lo abre. Dentro hay dos boletos para ver un partido de fútbol en Barcelona, el 21 de agosto en el estadio del Camp Nou: ¡la final de la Supercopa entre el Fútbol Club Barcelona y el Sevilla Fútbol Club!

Janet y Marcela también están llegando a su casa de Atlanta, Georgia. En ese momento, Janet también le dice algo importante a su madre:

—Mami, tengo una sorpresa... Abre este sobre —dice Janet.

Marcela lo abre. Dentro hay dos boletos para ver el concierto de Shakira del próximo 21 de septiembre en el Madison Square Garden de Nueva York.

Los cuatro están emocionados. Siempre van a recordar este verano.

ACTIVIDADES

Antes de leer

1. **Contesta.** Answer the following questions.

   a. ¿Te gustan los deportes?
   b. ¿Practicas algún deporte? ¿Cuál? ¿Y tus amigos?
   c. ¿Conoces algún deportista español o latinoamericano? ¿Cuál?
   d. ¿Te gusta escuchar música? ¿Qué música prefieres?
   e. ¿Conoces algún músico español o latinoamericano? ¿Cuál?

2. **Decide.** Read the title of the story. What do you think it means? Decide which sentence best explains its meaning.

   a. Hay dos historias y un solo final.
   b. Cada historia tiene un final diferente.
   c. Las historias siempre tienen el mismo final.
   d. Otra interpretación: _____.

3. **Clasifica.** Read the following words and classify them in the appropriate category in your notebook. Some words may belong in more than one category.

Música

Deporte

concierto – club – equipo – escuchar – fan – guitarra –
instrumento – jugar – partido – entrenador – agente – cantante

Durante la lectura

Capítulo I

4. **Escucha y responde.** Select the questions that are logical according to the story and answer them.

   a. ¿Dónde están Andy, Teo y Orlando? ¿Qué hacen?

   b. ¿Por qué está en Cuba la hermana de Teo?

   c. ¿Quién es Carlos Molina?

   d. ¿Cuándo van a España Andy, Janet y sus padres?

   e. ¿Qué equipo gana el Mundial?

   f. ¿Por qué están los españoles en la Plaza de Colón?

5. **Investiga.** Look up more information about Carlos Molina and choose the word or phrase that best completes each sentence.

   Carlos Molina es CUBANO / ESPAÑOL / MEXICANO. Estudia GUITARRA / MÚSICA / LITERATURA en Cuba. Toca en conciertos SOLO EN SU PAÍS / EN DIFERENTES PAÍSES / EN ESTADOS UNIDOS. Es músico y también PINTOR / ACTOR / PROFESOR. Vive en ESTADOS UNIDOS / ESPAÑA / CUBA.

6. **Escribe.** Write each character's name.

A

_ _ _ _

B

_ _ _ _ _

C

_ _ _ _

7. **Investiga.** Are these statements true (*cierto*) or false (*falso*)?

   a. Orlando juega al fútbol con estudiantes de su escuela.
   b. Teo conoce al jugador de tenis Rafa Nadal.
   c. Andy juega en el Barcelona y quiere ser entrenador en ese club.
   d. A Janet no le gusta mucho el fútbol, prefiere el béisbol.
   e. El padre de Andy practica dos deportes, pero no el fútbol.

8. **Contesta.** Look at the title of this chapter. What does *La Roja* mean? How did this team get its name?

9. **Investiga.** Who is Jay Pérez? Look at his website online and find out what other name he is known by, where he is from, and what kind of music he plays.

10a. **Investiga y elige.** Look for information online about Little Havana and choose the correct option.

   1. La Pequeña Habana está...
   a. en la capital de Cuba.
   b. en la capital de España.
   c. en la ciudad de Miami.

   2. En la Pequeña Habana viven...
   a. muchas personas de Cuba.
   b. muchas personas de Nueva York.
   c. muchos turistas.

10b. **Investiga.** Look up more information about Little Havana: when the Cuban immigrants arrived, how many people live there, what the most famous street is, and what tourist attractions one can find there.

33

Capítulo II

11. **2** **Escucha y une.** Match each phrase with the appropriate sentence ending.

1. Gary y Andy...	a. y se toman una foto junto a ellos.
2. Están en Castilla-La Mancha...	b. y se acuerdan de la novela de *Don Quijote de la Mancha*.
3. Ven unos molinos de viento...	c. viajan por España.

12. Lee y ordena. The words in bold below are scrambled. Unscramble them to complete the paragraph.

Gary y su hijo **jiavan** por Castilla-La Mancha. Van a Mota del Cuervo, un **bepolu** al suroeste de Cuenca. Allí descansan y después van a Valencia. Pero no están en la **taru** correcta y el **pama** está en el bar de Mota del Cuervo. Entonces ven un **tacidence**: una mujer está en el suelo. Gary y Andy la llevan a Fuentealbilla.

13. Busca. In the word search, find the key words from the chapter that are defined below.

1. Lo usamos cuando conducimos para saber dónde estamos.
2. Mar del océano Atlántico.
3. Muy, muy grande.
4. Lo necesitamos cuando conducimos una moto o una bici.
5. Monta en una bicicleta.
6. Lo necesitamos cuando viajamos para saber el nombre de los pueblos y ciudades.
7. Dirección, camino, carretera.

M	E	D	I	T	E	R	R	Á	N	E	O
A	B	E	C	I	G	O	H	I	M	E	J
C	E	I	G	P	S	U	K	L	A	N	O
A	Ñ	I	O	E	P	A	Q	U	I	R	R
R	S	E	T	U	V	A	W	E	B	Y	U
T	G	I	G	A	N	T	E	N	E	N	T
E	Z	A	D	I	O	N	E	V	I	P	A
L	C	I	C	L	I	S	T	A	R	O	L
A	E	N	T	E	C	A	S	C	O	S	I

Capítulo III

14. **(3)** **Escucha y decide.** Are these statements true (*cierto*) or false (*falso*)?

a. Hoy es sábado y Marcela y Janet van a un concierto de guitarra clásica de Carlos Molina.
b. Shakira es la cantante latina favorita de Marcela.
c. Janet le pide un autógrafo a Shakira.
d. La billetera es de Isabel Mebarak Ripoll.
e. La gente ya sabe que Shakira y Piqué son novios.

15. **Escribe.** Write a short summary of the chapter. The following points may help you.

Quiénes aparecen en este capítulo – Dónde están – A quién conocen – Qué problema hay – Cuál es el «secreto» de este capítulo.

16. **Ordena.** Unscramble the words that appear in Chapter III.

a. AMIMI:_____
b. TEBLLIEAR:____
c. FORATOUGA:_____
d. DARO COLNLIN:_____

e. QUEBOTUI:_____
f. VIONO:_____
g. TECNANTA:_____
h. GRFOATOOF:_____

17. **Investiga y escribe.** Look up information about Shakira and complete the following form.

- **Nombre real:**
- **Nombre artístico:**
- **Fecha de nacimiento:**
- **Lugar de nacimiento:**
- **Nacionalidad:**
- **Profesión:**
- **Estilo de música:**

18. Elige. Think about the story. What might happen now? Choose the possible options.

   a. Los padres de Janet conocen personalmente a Shakira y le dan la billetera.
   b. Marcela llama por teléfono a casa de Shakira para darle la billetera.
   c. Janet les dice a los reporteros que tiene una foto de Shakira y de Piqué.

Capítulo IV

19. ④ Escucha y completa. Complete the following sentences.

   a. Gary y su hijo van a un bar en Fuentealbilla que se llama _ _ _ _ _.
   b. La mujer que Gary lleva en brazos se llama _ _ _ _ .
   c. El señor del bar conoce a Anna porque es la _ _ _ _ _ de su nieto.
   d. El novio de Anna se llama _ _ _ _ _ _ _ _ _ _ _ _ _.

20. Contesta. Refer back to the beginning of the book and answer these questions.

   a. ¿Quién es Andrés Iniesta?
   b. ¿Por qué es importante?

21. Corrige. The following sentences do not correspond with what happens in the story. Change them so that the paragraph makes sense according to the story.

> Anna es la novia de Andy. Andy es un estadounidense muy famoso. Juega en el Mundial en Sudáfrica. Anna monta en bicicleta en Miami. Tiene un accidente y su novio la lleva en brazos a un bar. Allí hay fotos y revistas de ciclismo, el deporte de Anna.

Capítulo V

22. **⑤ Escucha y elige.** Choose which of the following sentences best summarizes Chapter V.

    a. Marcela y Janet deciden hablar con el agente de Shakira para devolverle la billetera personalmente. El agente desconfía. Cree que ellas quieren dinero. Al final, dice que va a hablar con su clienta.

    b. Marcela y Janet van a casa de Shakira a devolverle la billetera personalmente. El agente abre la puerta y dice que le pueden dar la billetera a Gerard Piqué.

    c. Marcela y Janet deciden hablar con Carlos Molina, el agente de Shakira. Carlos Molina desconfía, pero, al final, les da el teléfono de Shakira.

23. **Elige.** Choose the illustration that best illustrates the beginning of the chapter.

A   B

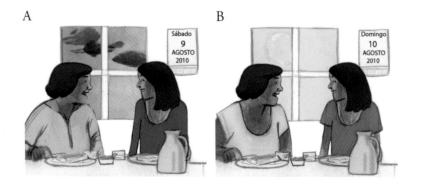

24. Une. Match each phrase with the appropriate sentence ending.

1. Las dos chicas hablan con
   Carlos Molina…

2. Janet no quiere llamar al
   agente…

3. Marcela llama al agente
   de Shakira…

4. El agente dice que Marcela
   y Janet…

5. La madre de Janet está
   enojada…

a. son periodistas y están
   buscando dinero.

b. porque no le gusta
   el agente.

c. para devolverle la
   billetera a la cantante.

d. porque dice que es
   muy tímida.

e. y ahora tienen el teléfono
   del agente de Shakira.

Capítulo VI

25. 6 Escucha y elige. Choose the answer that best completes each statement.

1. Andrés Iniesta se llama Andrés porque…
   a. a su madre le gusta mucho ese nombre.
   b. su abuelo se llama Andrés.
   c. su padre se llama Andrés.

2. Fuentealbilla es un lugar muy especial para Andrés Iniesta porque…
   a. la gente lo ve como a una estrella.
   b. para él, es un lugar muy exótico.
   c. allí viven su familia y sus amigos y la gente no lo ve como a una
      estrella.

3. Iniesta cuenta que, antes del gol del Mundial, …
   a. están solos la pelota y él, puede escuchar el silencio y sabe que esa
      pelota va a ser un gol.
   b. piensa que esa pelota no va a ser un gol.
   c. la gente está gritando y él está muy nervioso.

26. **Describe.** Look at the illustration on page 26 and write a short description.

27. **Piensa.** What do you think might happen in the next chapter? What might be in Andy and Gary's envelope?

Capítulo VII

28. 7 **Escucha y decide.** Listen to the chapter and put the sentences in order.

a. Shakira está contenta porque Janet y Marcela cuidan su secreto.
b. Shakira da un sobre cerrado a Janet y a Marcela.
c. La cantante pregunta a la madre y a la hija si conocen Nueva York.
d. Janet y Marcela están en North Bay Road, 3140, en casa de Shakira.

29. **Pregunta.** Write the questions that accompany each of the following answers.

a. La relación con Gerard Piqué.
b. El día 20.
c. Marcela conoce Nueva York, pero Janet no.
d. Un sobre cerrado.
e. El día 20.

30. **Piensa.** Look at the title of the chapter. What does it mean? What might be in Janet and Marcela's envelope?

Capítulo VIII

31. **8** **Escucha.** Are these statements true (*cierto*) or false (*falso*)?

    a. Hoy es 20 de agosto de 2010 y toda la familia de Andy está en la ciudad de Barcelona.

    b. En el sobre de Gary y Andy hay dos boletos para ver un partido de fútbol en Barcelona.

    c. Janet y Marcela están en Atlanta.

    d. En el sobre de Janet y Marcela hay dos boletos para el concierto de Shakira el 21 de agosto en Nueva York.

32. Completa. Complete the sentences with the missing words.

Andy está muy contento porque le _ _ _ _ _ mucho el fútbol y tiene boletos para ver un _ _ _ _ _ _ _ importante. Janet también está contenta porque el concierto de Shakira es en la ciudad de _ _ _ _ _ _ _ _ _ y Janet tiene muchas ganas de visitar esa ciudad. Toda la familia está _ _ _ _ _ _ _ _ _ _ .

Después de la lectura

33a.Ordena. Test your reading comprehension and your memory. The following are the titles of the eight chapters. Put them in order without looking back at the story.

Secretos – El final – Ya estamos en España – Fuentealbilla – «Hola, buenos días. Por favor, ¿está Shakira?» – La Roja – De compras por Miami – Una noche de fútbol

33b.Ordena. Now put these illustrations in order.

A

B

C

34. Relaciona. Match the photos with the names and locations of places found in the story.

A

B

C

D

Pequeña Habana	Madrid (España)
Madison Square Garden	Nueva York (Estados Unidos)
Camp Nou	Barcelona (España)
Plaza de Colón	Miami (Estados Unidos)

SOLUCIONES

2. a.

3. **Música:** concierto, escuchar, fan, guitarra, instrumento, agente, cantante.
Deporte: club, equipo, fan, jugar, partido, entrenador, agente.

4. a. Están en casa de Andy y están viendo un partido de fútbol.
c. Es un famoso profesor de guitarra cubano.
e. La Selección Española de Fútbol.
f. Porque están celebrando que España es campeona del mundo.

5. Carlos Molina es CUBANO. Estudia PIANO en Cuba. Toca en conciertos EN DIFERENTES PAÍSES. Es músico y también es PROFESOR. Vive en ESTADOS UNIDOS.

6. A. Andy, B. Janet, C. Gary.

7. a. cierto, b. falso, c. falso, d. falso, e. cierto.

8. Es el nombre de la Selección Española de Fútbol. Este equipo tiene este nombre porque su camiseta es roja.

9. Su nombre real es Jessse Pérez Jr. Nace en Alamo City. Toca música tejana.

10a. 1-c, 2-a.

10b. La **Pequeña Habana** es un barrio de Miami, en Florida, donde viven inmigrantes cubanos. Los comercios más importantes están en la Calle Ocho (*Eight Street*). En esa calle hay un Paseo de la Fama, con estrellas como Celia Cruz o Gloria Estefan. Los turistas pueden visitar el Cine Teatro Tower o el Parque del Dominó. También hay restaurantes famosos, como el Versailles: allí se pueden tomar platos típicos cubanos, como los plátanos maduros, la ropa vieja o el sándwich cubano, y bebidas como el cortadito.

11. 1-c, 2-b, 3-a.

12. Gary y su hijo VIAJAN por Castilla-La Mancha. Van a Mota del Cuervo, un PUEBLO al suroeste de Cuenca. Allí descansan y después van a Valencia. Pero no están en la RUTA correcta y el MAPA está en el bar de Mota del Cuervo. Entonces ven un ACCIDENTE: una mujer está en el suelo. Gary y Andy la llevan a Fuentealbilla.

13. 1. GPS

2. Mediterráneo

3. gigante

4. casco

5. ciclista

6. cartel

7. ruta

M	E	D	I	T	E	R	R	Á	N	E	O
A	B	E	C	I	G	O	H	I	M	E	J
C	E	I	G	P	S	U	K	L	A	N	O
A	Ñ	I	O	E	P	A	Q	U	I	R	R
R	S	E	T	U	V	A	W	E	B	Y	U
T	G	I	G	A	N	T	E	N	E	N	T
E	Z	A	D	I	O	N	E	V	I	P	A
L	C	I	C	L	I	S	T	A	R	O	L
A	E	N	T	E	C	A	S	C	O	S	I

14. a. falso, b. falso, c. cierto, d. cierto, e. falso.

15. Modelo de resumen

Marcela y Janet están en Lincoln Road. Cuando están allí, Shakira sale de una tienda. Marcela y Janet encuentran la billetera de Shakira. Shakira y Piqué son novios.

16. a. MIAMI, b. BILLETERA, c. AUTÓGRAFO, d. LINCOLN ROAD, e. BOUTIQUE, f. NOVIO, g. CANTANTE, h. FOTÓGRAFO.

17.
- **Nombre real: Isabel Mebarak Ripoll**
- **Nombre artístico: Shakira**
- **Fecha de nacimiento: 2 de febrero de 1977**
- **Lugar de nacimiento: Barranquilla (Colombia)**
- **Nacionalidad: colombiana**
- **Profesión: cantante**
- **Estilo de música: pop, rock, dance**

19. a. Gary y su hijo van a un bar en Fuentealbilla que se llama LUJÁN.

b. La mujer que Gary lleva en brazos se llama ANNA.

c. El señor del bar conoce a Anna porque es la NOVIA de su nieto.

d. El novio de Anna se llama ANDRÉS INIESTA.

20. a. Es un jugador de la Selección Española.

b. Es importante porque su gol en el Mundial de Fútbol 2010 significa la victoria a la Seleción Española.

21. Anna es la novia de ANDRÉS INIESTA. ANDRÉS INIESTA es un ESPAÑOL muy famoso. Juega en el Mundial en Sudáfrica. Anna monta en bicicleta en FUENTEALBILLA. Tiene un accidente y GARY la lleva en brazos a un bar. Allí hay fotos y revistas de FÚTBOL, el deporte del NOVIO DE ANNA.

22. a.

23. B.

24. 1-e, 2-d, 3-c, 4-a, 5-b.

25. 1-b, 2-c, 3-a.

26. Modelo de descripción
Iniesta, su abuelo, Gary y Andy están en el Bar Luján. Andy toma un zumo de naranja. Iniesta explica a sus nuevos amigos el gol de España en el Mundial de Sudáfrica.

28. d, a, c, b.

29. a. ¿Qué secreto cuidan Janet y Marcela?
b. ¿Cuándo vuelven a Atlanta Janet y Marcela?
c. ¿Conocen Nueva York?
d. ¿Qué le da Shakira a Janet?
e. ¿Cuándo puede abrirlo?

30. El capítulo se llama «Secretos» porque hay varios secretos: Shakira y Piqué son novios y los secretos de Shakira para estar guapa.

31. a. falso, b. cierto, c. cierto, d. falso.

32. Andy está muy contento porque le GUSTA mucho el fútbol y tiene boletos para ver un PARTIDO importante. Janet también está contenta porque el concierto de Shakira es en la ciudad de NUEVA YORK y Janet tiene muchas ganas de visitar esa ciudad. Toda la familia está EMOCIONADA.

33a. La Roja – Ya estamos en España – De compras por Miami – Fuentealbilla – «Hola, buenos días. Por favor, ¿está Shakira?» – Una noche de fútbol – Secretos – El final

33b. C, A, B.

34. A. Plaza de Colón, Madrid (España); B. Camp Nou, Barcelona (España), C. Pequeña Habana, Miami (Estados Unidos), D. Madison Square Garden, Nueva York (Estados Unidos).

VOCABULARIO

1. La Roja: *La Roja* ("The Red") is the name for the national soccer team of Spain. They have this nickname because of the color of their jerseys.

2. (el) final	ending
(la) final	the last game or competition in a series
3. Mundial	World Cup
4. por eso	for that reason
5. barrio	neighborhood
6. cantante	singer
7. primer	first
8. solo faltan cinco minutos (*inf.* faltar)	there are only five minutes left
9. feliz	happy
10. mundo	world
11. quitando (*inf.* quitar)	taking off
12. otra	another
13. gran	great
14. muerto (*inf.* morir)	dead
15. corazón	heart
16. alquilado (*inf.* alquilar)	rented
17. tierra	land
18. carretera	highway
19. molinos de viento	windmills
20. rápido	quickly
21. pueblo	town
22. lugares	places
23. encontrar	to find
24. entonces	so
25. ¿qué pasa?	what happens?
26. asustado (*inf.* asustar)	scared
27. en brazos	in his arms
28. gafas de sol	sunglasses
29. billetera	wallet

30. tarjeta de identidad	ID card
31. antes	before
32. nena	darling
33. piedras	rocks
34. de acuerdo	all right
35. devolvérsela (*inf.* devolver)	return (the wallet to her)
36. desconfía (*inf.* desconfiar)	(he) is suspicious
37. broma	joke
38. divertida	funny
39. sueño	dream
40. por cierto	by the way
41. platos típicos	traditional dishes
42. temprano	early
43. estrella	star
44. sobre	envelope
45. cámara lenta	slow motion